獻給西蒙・韋伊

集合的掩體

／鄭佑昇

在環城線上／記憶之術
二〇一七年三月十三日，在龐克演唱會後

石頭
「我自以為的漫遊就只是 ......」
在勝利里

在以全球暖化為名的小咖啡館
爵士樂會／潮汐

天船的脊輕輕擦過大陸／在視訊教學中間

口占／我／在臺北
3. Aug. 2020

振恆／後記毗鄰

集合的掩體 目錄

自誦

我跟隨著我的聲音
走向空隙。行人頭頸間可數算的遠方
相信的夠多。踏著搖擺的步態。
高處無數次翻卷的一面旗幟
久視後送來延遲的摩挲聲
一種估算距離的技巧
我在葉落後讀秒：
無限地後退，積聚
一陣可能性的暴雨，悶雷

在那裡樂團持續招募樂手
我們就走進樂團擴張中的占地，在席次間走著
踢、碰撞與失落。為學過的詞調音。
不久我就讓眼睛在下墜與反濺的雨滴間游移
如追蹤一隻飛蛾。陰影的灰階中辨識一件樂器：
遠離我
在雨中承擔平均的聲響

通往瑪麗安廣場的電扶梯

——亦致二歐元硬幣上的但丁

靠右，等速上升，近一分鐘，在靈薄小睡
可以但並沒有挨近別人開合的口，依然也聽
頂著大市場灌入的風
與背光的胚胎，陰影逐漸長出五官
不是我認識的人
帶鋸齒的一階被收回，在履帶上倒置，沉落

詞彙。一個有恆的劇本需要哪些零件
有時鋥亮，花壇的砌石

藉由譬喻，我們完成了許多事

在路口
有如站在理想語言的邊緣
零碎、不著邊際、聲音與現象
都停下後，我就穿過去

藉由譬喻完成了許多事
還不夠牢固
最後的判斷句或許不涉及任何物體

如煙聚遲疑於形象之間
如行人或者移動，或就被風翻開臉龐

我已經踮起腳，摸向景色裡遞移的高臺
再反掌，成為指間一縷氣息
一時半刻也好，我們一起發出聲音
停止支付季節嬗遞之所需

路樹

——致 Martin Buber

言語取走一些
沉默取走一些
說不出原因的聲響與安靜經過時也取走一些
它以這些失去的部分裹緊自己
然後在原地微微側身

佈下陰影
一個被想過後棄置的念頭

處於消散的過程
在我的路線上。灰煙與霧的幾何學
一度充滿我隨身所攜之空隙
那時我是堅固的物體

失物傾向於留在原地
稀薄，堅硬。穿越，靜待被穿越

留在這裡，一個世界
分歧的根系與瘤與開裂

更多世界，綠葉
搜集我沒有的事物
一次次製作一個形狀

天空，或不是天空，那瑣碎的輪廓
在察覺邊緣，只是變化著

小雪

霧散之後，透明如沉重的手掠過雙頰
5°C已說過的話一一如同親識
牽著我的兩隻手。大合照中，我無話可說

透明的大氣裡，遠景與一株路樹
歧出的枝幹對峙：伏流涓滴消失的腹地
某些轉移重心的瞬間，成為他人的欲望
冷卻如卵石，滾向腔室新的低處

輾過草地
滾向樹後一整牆關上的窗戶
有時站著就被空氣冰冷的局部穿過
一個喻體曾在街道上遊蕩
後來越來越重，直到什麼也不是

大雪

講師沒有以有力的句子結束今天的課
或許說了太多笑話，模仿
太多動物
但我們已經一起大致看了些紛紛落下的碎屑
且在座位上數次轉著身體
觀察它們疊起勻稱的面
雪在窗外。我們在白色的大桌旁將書闔上
指尖感到前一事物長久的壓迫。
與講師道別。他站在自己寫下的詞彙旁
像壁龕裡的木偶。他等著將教室恢復原狀

正午。有許多半閉的門
在一枚大理石裡的昏暗。
我們輾轉前往食堂。
學生在落地窗前飲啄
像白雪庭園裡斂翅的瓷器：
結婚、買小東西、去顛倒季節的地方旅行。
在舉杯時將水變為酒，我們交談
但不隨句子攀向高處。只在這裡，這裡
吞嚥交替在我們身上中斷話語
有時靜默連接著別的靜默
我們便抬起頭張望

在植物中間

無數扇門開啟與關閉
眼睛、陰戶、肛門
話語（或只是一些思慮）還在唇間。小小的陷阱。
若是往昔，我就登車攬轡，在車窗後
看閻魔高速旋轉他的手杖。兩張臉，許多臉。
死的根、活的根，在整體中糾纏
躲過區辨。
整體緩慢地絞碎土塊

被劈裂，已經在某些位置被劈裂
當我在假想實驗中失敗，迫使世界合併為一
它時常舉起種子的囊袋。許多隔間。

我同樣無法設想的還有十七邊形、二十邊形。模糊。
陰影向這裡聚攏
無限次重複葉脈上的數列。豎起稠密的陰影。

我也想無數次重複一句話
直到喚來黑暗的后妃

亦致 Helmut Walcha

像風琴的眾音栓釋放或契向空虛的隔間
參差的建物就在局部昏暗裡
發出太多聲音
而且過分順服
直到我發現自己樂意一一複誦其中的話語

他盲眼，隻手抓起一輛車
斜斜停靠街旁，再一輛
熄火後有人走出，車就閃著濕潤的光

在水杯裡則是安靜的
有時你的臉會隔著這麼多事物張望
但溫暖的肉一直在睡眠
閃爍的、反濺的、冷卻的
上行與下行間往復的枝上樹葉
「熟睡者參與世界的變化」
意思是，都在一陣雨中

許多窗戶後面，房間開了燈
挪動身體，一個角度
看見一些反光的雨絲

月宮

——亦致 Gary Snyder

為了重複站在所見過的夏天對面
張開眼睛，我也想要清澈的眼睛
看空心的事事物物搖晃
將局部傾向熾盛的光裡，再從彼返回
我想我就在耗盡了白日的平衡之前

將鎢鋼杖尖一 次次點向碎石徑

單調的聲響，我想我正接近睡
是我，有時是風景退縮中的地名，之上
總是負擔著一些可以看的：
紫色花的繖型、墜地的毬果、背風處的苔蘚
杖尖有時劈開一小塊屑石：瑣碎的誕生
潛入沒有專名的灰與黑，蚊蠅的動與靜
一個人茫然轉動頭構成了自動書寫

名字、名字，種種名字
它們在那裡，風吹過就搖晃
而且搭著不可拆卸的須彌，所謂：
腳踝邊的、及膝的、及腰的、可攀的、不可及的
倒向紅色的天空，最多三分鐘太陽就隱沒
紊亂的話語就輾轉攀向月宮

鉤召義

——擬佩索阿〈徘徊在青草上〉

知道它逐日下沉或相反地被高舉
並未使我焦慮
美惠女神傾斜的圓環總能找到微型的丘陵
春天將在臂與肩頸間經歷週行運動
在至高處略停頓

我相信地鐵站裡的燈箱

無人時仍兀自捲動著廣告
兀自運作修辭術，像口含著帶電的琥珀
使兩具身體密合
天文鐘與泌液的果實
有，或沒有保險的時刻
有硬幣，有無花果裡的蜂蛹

食指屈伸
我可以是那個鉤召大海的人

自和

自有永有的意思也可以是
我們在麇集之地說話，且動用喻體
如從曠野採集
各取所需，像是在沙柱上雕鏤形象
有時他會在自己的園林裡漫步
那些自行翻捲的事物，我碰觸過樂園的外圍
失物，彷彿在手中，手的延伸
那個方向，靜物的色彩向暗汩汩遠逝
灰色的窗戶靠近水脈

在無彩色裡繼續說話，底棲物仍然保持大略的形狀
一團與一團相觸時有如模仿
我想說的是：
都在流動，都在易位
失物仍在雷雲裡契向落下的位置

即景

——

花落地
零碎的陰影移動
不久，固著為巨大的綠蔭
更多葉的增長
更多陰影

像樹木總是將正面巧妙地別向它處，那樣看
那樣環視，看向空隙與連續
一座大廳裡的搜索

炫目的光線，那個人
那個人，空氣清涼的局部

聲音，花的失蹤
蟲翅析離的彩色
掠食的雀鳥，一個空位

枝杈間簡單重複的數學設定簡單的對象
地鳴，軸線，裂紋

：——

數次看見後無語的這些景物
恐怕就是盡頭
候鳥轉折之姿挾藏在隱形的氣流裡
如排簫般搖曳的姿態也在等待
眾多言語後剩下的是呼吸
漸漸轉為哭泣

數次增明又轉晦的窗前
一只水瓶失去了色彩
不是某種傾斜下的匯流，或斂取
就只是分子就地裂解

說到等待，掌心有處永遠凹陷著在等待
契合之物被奉若神明
捨棄的自成另一尊
兩張口不曾停止說話

有時不管看向哪一扇窗
是看向同一個長夢
有時鐵是全部
鐵樹林在夜裡有恆地完成葉尖

……—
繞著空地慢跑
計數。繁衍差異。
在空地邊緣保持單向運動
傾斜。泌液的草地
與沉睡的社區之間
是一種聲音：
碎石被帶起，再落下，迸濺

數日清晨有霧
榫合遠與近的工程遂告中斷
樑桁潮濕一如新伐，必須卸下
山，獨自。僅及腰部的矮松，獨自。每一枚針狀葉。

閃亮的蜜液淌著。蠅屬頻繁起落
攝食。反光與空隙。「多，真多。」摩擦翅膀切切地說
為何如是躁動？窗簾成為一種連續體，獨自。
樓與樓間液滴自轉，獨自。
油箱中靜陳著汽油，大氣的冷度

轉變、甦醒、交換，生活在蜂巢中
底噪抬起諸面注視。一點一點沿著輪廓，完成環形舞：
有物，物的左近有物

……」

——「安石既與人同樂，必不得不與人同憂；召之必至。」

蹲在路旁，從褲腳的皺褶裡挑出碎石
扔向草叢，並且說：
「從須彌山落下了石子。」

無所依地落下，極微微都繞著恆靜的轉動軸
錯了，這只能在無聲的真空裡發生
更接近飄零的落葉與翅果

順從於進入的欲望
行走，交替使用交通工具

永遠在壁立的窗戶間，不可或缺的空氣
有時在階序的低處閃爍著，石青
在膠裡下沉：平野、石階、亂雲

塞尚宣稱他的雙手帶領眼睛
深入風景
看著顏料間一抹空隙
指尖感到刺痛

一根失落的針，針尖上的天使
緊緊挨著自己的同類
「讓我們更巨大，
超越風景裡單純的綠色。」

Menschen

……

我記得詞語

但可能轉身就忘了這個聲音

事物，抵著邊緣的梯度：
一些句子從那滑入這個時刻，一些句子從此陷落。
明與暗裡的卵石。

/p/

兩人三人間交換的那些話語
已知的事物在掌心裡
等待致勝的組合。譬如公寓裡的一間
譬如土地，周行間成為一只杯子

陰影在把戲中成為鳥
不鳴叫，短喙因此總是有空投下石子
另一片陰影過來，握住牠

屢樓高舉的水塔
長日裡閃耀的道路，與窗葉
這就是雙唇音開合時想被生下的：
啪沙啪沙，啪沙啪沙

在盤石山

我有針葉的蔭

我有時庇護風景
有時只能讓四月末的光線驅趕它們
我自視如收藏陰影的蜂巢
輾轉在陰影的陰影的掌間傳遞
我決定路要在碎石間陡升

我，與我們中的多數看向那座大城
我們的住址收攏立壁
成為橫陳的鏡面
我的立處錯失鏡中影像

我已經對著僅見的銀斑沉思
見它緊緻卻仍不時爆發
像是不能忍耐天空

我與你們看著來路
即去路升起霧霾，如氯氣
在無風的谷裡擴散
我將是我們中那瘖寐間才突然理解的
那就是杉樹播的粉就是數日要進入城市的灰

地鐵六號線

抵觸，纏繞，摩擦。
異語言傾身交談。宇宙性的規則是：
每數十七個母音，就有一個瞬間誕生。
有時是一個被名詞充滿的瞬間
有時完全是些動作

略過一些字，讀報，無損於取回昨日：
大爆炸、膛線、準星。
毒氣罐頭裡盤桓的寧靜

還不清楚如何說出欲望

駛向城區
已經有技術向內部隔離屬己的噪音
不需要知道這就是地底間歇的雷
不需要知道我們已經一一交出自己的聲音：大霹靂
獻出自己的心
就是那我最最一無所知的局部

造像量度經

顏料必須調入岩蘭與沒藥
再密密鬆上伽羅之軀
有日必定會於眾目睽睽下再度燃燒
腐土與密林、一陣隱匿的雨
這種氣味拂過圍觀者
龐然的反包圍，數個小時

臂、背、臀、股，就是一個終日行走
於熙攘的人群，搭公車，上下樓梯

轉開瓶瓶罐罐，填滿與消耗
逐漸累了的樣子
所以就在過道陰暗的一角開始以鑿刀工作
讓形象繼續看

也逐漸下定決心捨棄眾多的臉
要像一個轉盈的月體停留在半闔的眼簾裡
它們的背後不是自己

在眼睛裡安上鏡子
每個走近的人、每個無人而無知覺的領域
真實，意味著渴望被看見

最後再決定名字

沉水香木，全軀、未來的手臂與裸露的骨
大海送來更多

這氣味令我四顧。

我有所遺漏，我的失物正在蒸散。

這就要溶解於雨的國土：

我短暫地站在失物中間。

羅睺

1. 陰影交會時走出第三個人
2. 座位間奔跑尖叫的兒童抵達第一個和聲
3. 杯的圈足與托盤間有純黑色是下降的天空
4. 有時以為終於觸及邊際，卻發現了窺孔
5. 你的手覆著我的手擋住了窺視者的視線
6. 旁若無人地吃喝
7. 發現量產的餐具居然記得人類的手
8. 交談中搬用的每個詞都是實指，例如：高處
9. 例如：我，我正隔著桌子傾身向你

10. 忘了飢餓
11. 每一次抬眼看你就有一條射線觸及一顆星星
12. 沒有圈狀的輪廓，所以漏下汁液
13. ：：：¦：¦：¦：
14. 鹽罐內側有根手指向我的指尖敲著訊號
15. 我向你揮舞的手勢將細節區分至原子等級
16. 一個盡頭，我與我空了的杯盤正滑向那裡
17. 終於向第三個人微笑，發現他只在略高於眼處

試著說了十七件不實的事物：
未知之雲大約都是熟悉的輪廓

計都

在燃燒的房間裡躺下，將頭部交給夢。
在燃燒的房間裡，有座大市場。
攤販調和糖水與冰塊。「啵」一聲戳開手搖杯。
拆開一包洋芋片。沒有人
知道不死藥的樣子，只是隨意吃喝。
像諸神鑽入午後金色的斑點，像人
在貨架間散步，覓食。
像諸神靜坐，消耗蠟與脂裡的黑暗。
一切都大方地展現給鏡頭後

燃燒的眼睛與非眼睛，它喜歡觀察
臉、食性、步態、傾向。據說得到不死藥的身體
堅固、輕盈，遠看像籠罩的霧或焚燒後的煙。
有時經由內視鏡送入一些光。有時送入一些熱
從上面或下面，前面或後面。飄飄然。
有時夢托起頭前往下一個夢境，像吹送一顆氣球。
而身體平躺。據說不死藥不會輕易
滑落喉部，所以像句子，留駐在誕生之處。而燃燒
是那恰當的詞，兼顧氧化程序的事實與修辭。
燃燒的房間。

我喜歡句號，不下沉，多孔，如浮石。
我想在火山爆發後前往海濱，看新的浮石
回到岸上，回到海裡。回到房間，互相碰觸，在某處裂開。

大集會

壘起沙聚
其中有一片玻璃

強光裡勉強睜開的第三隻眼睛
或是白日祕密的游星
或是鱗翅的局部
腕上手錶的反射
幾乎不能加入樹蔭下恆圓的金斑

壘起沙聚
變石、螢石與鋯石，相拄
在瑣碎的聲響中立起沙柱
有時堆攏，然後向內擠壓，有時雙手高捧，再任其落下
錯落的階梯會互相榫合
石英，介於白與透明。不明的塵土色。
都會在住所中

在海格霍夫街

我曾提到了黑色的雲，在巷口湧升
是因為看見孩童
依次在遊戲中倒下，還未倒下的便尖叫
但並未召集任何相關的事物
事物也未改變與他們的距離

有時，我以為換自己走入中庭
並且開口說了恰當的話
我們的語言輕柔

彷彿一縷煙，只消耗著自身

有時，我看著每日走一小段路就會見到的
一些號誌：鋼板、閃爍的烤漆、
圖像語「必須牽著他們」、
螺釘、粗大的螺帽，藉著鋼架佇立
我就想停止我們的組合遊戲
然後像古代的贈禮者
捧著我的表徵，在城裡亂走

會是一只螺，遲遲地將顳顎間的摩擦
捲入潮汐。我的訊息
我能委託的符號將日益稀少：
塑膠的碎片碎片碎片、

沼地、腐朽的根系。
我有一時興起的愛。

一只蝦籠在河中。陷阱斂閉短期住地。

我閉上眼睛，等待斷片浮現。

如果世界由此偶然地再現，我就必須在此居住。

阿尾奢：
穿透、進據。
因而在裡面言說與行為。

——維吾爾女性：「車窗以黑色窗簾遮掩，但明顯全部滿載乘客。」

手掌不會知道自己的一側正抵著事物
遞進。不會知道事物正一一後退
回到風景。不會知道，肉裡只是偶爾有序。
手只是擱著，指甲蓋下無光的月牙

便遊巡。砰砰作響的引擎輸入動力
給它：
緩降的地、谷、鼓脹的海
皺褶間的蔭：宜居處。一線陽光
擦過大指甲，斑斕如剝開一枚珠母貝
臉沒有在這紊亂的光彩間閃現。臉
何時要來
何時要佔有它，於是舉起它

越過日用的碗盤
通常會是我自己的臉
如果我看穿臉
就能享受某人違規上傳的卡通
或合法播送的報導，或資訊

一切仍與夢相似：自白
或注意說話的人，或一邊自白
一邊注意說話的人
一邊移動，一邊懸浮成為擾攘的大氣
這是我不得不實現的形式

散播氣味的食物正在減輕
那些相信一張臉因為映射於深淵而稀薄的
已被標記為異端

「人在說話時，不能呼吸；這時，他以呼吸祭供話語。人在呼吸時，不能說話；這時，他以話語祭供呼吸。不論醒著或入睡，人永遠奉上這兩種無限和不死的祭品。」

——《憍尸怛其奧義書》

黃昏。不能飲用的水
每一自轉的液滴。隔間都增加了些許重量
一小罐可省略的材料應該仍在材料之間
臉尋找它
而手擱在檯邊，默用力
幫助身體上升。在上面
它又完成一個命令

幾乎是一片成形的烏雲，含著自己瑣碎的聲音
與陰影，移動

廚房，賣弄的說法是
「一個轉變事物的場所」
為使事物柔軟、使脆、使合成一體
手覆蓋，經過，在蔭裡操作
且從每一操作不可避免的虧損中，確保
足夠的重量
使位移、使成為一個物，從人裡
召出一個吞嚥的人。有時

只是我自己
聽，並且說話

暴食，並且默默留下足夠份量，在內
循遺傳一再製作扁平的血球。我

血球的諸蔭。手
分內鍋與外鍋的水
為蒸氣，與被留下的水
為蒸氣裡升騰的形象，與未來的物
為我將說的話語，與那些悖我
違心之手。沙聚。與兀自立起的事物。無虞材料。
下降的液面，之下。橫陳，交疊，米粒，一切
日用的基礎

我搜集這些沒有反面的名字：
微光、結構色、消失點。讓它們串成我的話語，
讓我留在這裡，蝶翼上轉色的單面。

在環城線上

出於疏忽
我忘了車身外張貼的廣告
一雙含笑的大眼日日遊觀環城線？
一扇氣密窗框取不安的靜物
眾肖像棲息於斜面，剪影之灰積累無聲的陣雨？
撥打這支電話，讓靠窗的額角
從此更靠近理想的社區？

我不知道。我不知道。

我的關節自發地和著車體的振動
我不知道。我不知道。
頷骨深處叩著向誰的應和，的許諾
指骨間渙散的交換物與渙散的所有物
脛骨與蹠骨裡衍生複數的異域
我坐著就前往遠方
我，以及那個高頻臨在的我，與我眾多祕密臨在的夢

我以為細沙在掌間我就參與了星系的聚散
我以為隻手覆耳那海浪會一次次聚斂遺失物
我以為我擅長之事正在密集榫合一座樂園

振動，隔熱紙過濾昏睡的光線
汞海之底銀魚飄忽巡遊的隊伍

這裡睜大一雙雙盲眼
這裡有莫名壓強跨越體側的閾
這適應中的賦形仿若一次降生：
讓廣告上那人再活一次

記憶之術

黑色的海數次交出又索回的
閃爍的鹽
鹽的版圖與月相
一輛又一輛呼嘯而過的車
鹽在手的黑暗裡溶解
讓手在一個局部的夢裡緊握，操縱方向
閃爍的鹽在灘上，我名為散置的感覺

從久候的路口遠遠望去

所有反光的高窗，構成的停頓
這條街道想要如此長篇地自白
然後代換天空的藍為淺淺的呼吸

一個氣球裡能含有的
你的吐息，與
偉大事物的塵埃
從你的手落下，一個囊泡
碰觸大地，但是並不破裂
並不釋放

我，有我的赤豹，有文狸
與世界，永遠在對面

二〇一七年三月十三日，在龐克演唱會後

「今天，擁有最清澈眼睛的 □□ 在你的眼底集中自身，這是為了開啟你的眼睛。如果你說出這個祕密，□□ 會遺棄你，藉由摧毀你的心。」

——譯自祕密佛教灌頂儀式的對白

抵達後，我成為客人，站在籬笆外觀察的那類
經過半開的門
成為樹上，一一垂下，瑟瑟顫抖製造地表聲響的那類
行星級的聲響，有塵埃，有保全塵埃的全像術

6638 300[illegible] 4[illegible]1 [illegible]129 5686 0698 0055 0[illegible]1 0434 0668
5174 410[illegible] [illegible]153 3[illegible]1
3541 3127 6[illegible] 1927 6703 2589 008[illegible] 7[illegible]3 [illegible]46 4104
[illegible]2 4411 000[illegible] [illegible]1 2974 0022
6[illegible]38 436[illegible] 4411 0[illegible]7 1466 2456 4362 4[illegible]1
3[illegible]0 1172,X' ' 0037 1466 2456 0086 7352
0250 01[illegible] 7227 7[illegible]09 0022 3093 2589 0048 [illegible]79 2[illegible]17
1792 142[illegible] [illegible]611 25[illegible] 1395 0961 4104 6239 0553
0[illegible]9 00[illegible] 0668 5174 0961 6141 0427 1338 2514 0[illegible]
3[illegible]20 00[illegible] 1316 [illegible]90 3487 3137 0356 6752 [illegible]04 3[illegible]7
1[illegible]2 05[illegible]

一時就有今夜的高地，沼澤，水蠟燭
舉著風媒花，機遇的子嗣，縫隙

群鳥一時的棲所
出門前，我確實地關了燈
將我的痕跡留在黑暗裡
日用的杯盞因此滿溢，日用的碗盤豐盛

我可能理解雀鳥成群橫越無物之處的方式
藉由跟隨我的雙手，有時還有我的聲音
抵達某個水面。自言自語
卻得到回答

在這壘起數枚石子，那裡擱上一枝衰草
我們就各自得到了初春的領地

並在行進間點著頭，思慮拍子
叫喊，有時吃肉
這被理解為爭執
並且有時，我感覺就是輾轉
來到手上的遊戲

0662 2589 0207 1800 5174 6622 3006 6308 1129 4104

0500 6852

0169 1992 1831 0008 2052 3634 1071 5507 4104 0626

0936

7227 7609 0961 6167 6018 X104 0682 1116 0948 0962

5280 1942 1807 1779 0451 6289 5261 3544 4104 7380

7380

0017 0011 5926 3237 7110 0055 1921 0037 1775

0189 1571 3634 0001 0434 5019 1795 0037 7445 4104

1804 6592 0254 1170 3294 0271

1417 0086 7352 5079 6056

0787 0001 4104 5072 7526 2508 0117 1996 0366 5280

1921 0062 4161 2234 6051

6638 0086 0189 0961 4842 7526 0006 4315 6214 0155

3634 008[illegible] 4104 5711 3541

一些銳邊暗中仍反射著。我盯著它，不久盲目；
轉動眼睛，黑暗再次交出它們：
「再見，事物或世界。」

石頭

石屑紛飛時
帶回了太多事物
一具軀體與它單薄的衣物。
房間。渦紋。
石頭石頭，什麼時候也將被取出？

那些
飛行中的、在火裡裂開的、
劈入血肉裡的、彷彿泌出鹽分的。

那些
需要影子的
需要數度接近湍急的河道

雖然手裡有黑暗
覆蓋變動的桌面
雖然我見過一場雨的開端，在空中閃爍著就失蹤

2019 4249

0961 0682 3634 2053 4104 [illegible] [illegible] [illegible] [illegible] [illegible]

3093 2589 0117 0149 6008 [illegible] 0117 0149 [illegible] 3810

3172 0520 4104 0337 4790 0008 [illegible] 5926 [illegible] 6752

0001 2514 4104 1064 6657 [illegible] 1725

2234 0649 6638 7820

0961 1172 2508 4104 1172 2508 0022 1949 0451 1630

4395

「我自以為的漫遊就只是……」

那個你若有所思時
就會深深望入的那一掌大小
對面的虛空
正在收縮，吐出濕熱的氣息

你從消失點回來後已是別人
再現與抹滅兩種意志圍捕的那枚懸埃
不送氣的字母標記的那個地點
「我在目睹某事之前不會回來。」你沒有這樣說

但這夜的聲音互相嵌合，說了。說了許多
或許也說了相反的句子

該做什麼，在這擴張的幾秒鐘裡？
抬頭目送膨脹的天空又有星星越渡界線更暗更安靜
握緊手握住指間的泛音
這樣就有辦法讓聲音繼續
繼續佔據在廣場上那個位置
像瓶裡投入越多石頭天空的倒影就更近俯視的臉
那塊我凝視的高地：

夜的四邊形，之上
王姓醫師一時坐著，如今正奔跑
一個警察敲打他的腦後

他已經被送入夜裡的漫遊*

1432 0668 0686 X 6153 3061

6245 2053 0226 6665 0637 4104 4994 1921 0008 6008

0961 7227 7609 0022 4814 0427 1921 5280 6934 6278

4104 0668 1896 2654 1395

0662 6008 2053 0226 0095 2372 7096 5511 2053 0226

4104 6665 0637

0013 0169 2508 X 0048 3541 3127 7091 2972 6638 0668

1931 4104 2654 1395 0961 2053 0226 0355 9190 2052

3578

2053 0226 0008 0668 5174 4868 2119 5511 6665 0637

0001 0008 4868 2119 5511 2053 0226 4104 4997

0036 3634 2053 0226 1417 5261 1569 0355 9190 6719

2084 2609 6347 4104 1921 0001 3541 2076 4249

*題目引用自王姓醫師（Hsin-Kai Wang）對佔領立法院事件的紀錄。

0346 7110 1417 0044 2455 4104 0280 2938

0613 2508 1796 1646 0966 2397 2757 6665 0637

0613 2508 2234 0649 2607 0171 0095 2508 4783 3381

2607 4842 4314 6051

4842 3945 0001 4467 2053 0226 0008 6262 4104 4781

1601 5280 6665 0637 4868 1378 4161 4941

0611 0642 1346 0356 0008 2508 2053 0226 4104 1927

0288 0500 1730 5887 2457 0502 4104 6719 4467 4766

2631

3981 2053 0226 1796 1796 1646 1646 0966 2397 2757

2053 0226 4104 6665 0637 2076 4814 0427 4104 2654

1395

在勝利里

那雙手摸過的事物大致與我相同：
扳機、泥漿、綠葉、螞蟥。
那雙手不曾組合它們
只是垂著像河裡捕蝦的竹簍
後來它們找到機會順了順我的鬈髮，向我的右邊旁分
後來更常擱在藤椅的扶手上
接受新聞高亢聲線的擠壓
拇指習慣向食指併攏

無限可分性的終點
一些灰塵，一些皮膚屑

我只是靜靜在綠色的瓷磚上撥弄透明的彈珠
沒有問起廣東青年在林子裡的游擊戰
後來我看了一些電影

後來我也承受了一些戰慄，目前只是色情
還不到繁衍的時候

而那個各種聲音以各異的方式說穿
卻仍保存完好的東西，來到了我的舌上
猶豫著是否也給他一個
像含著一枚在下午分散的玻璃珠

[illegible] 0658 [illegible] 1427 [illegible]

[illegible] 0189 [illegible] 3194 [illegible] 2340 [illegible]

0356 [illegible] 2938

[illegible] 2938

[illegible] 2508 [illegible] 6719 1417 [illegible] 2053 [illegible]

[illegible] 4842 [illegible] 4104 [illegible] 5943

0326

0648 [illegible] 6719 [illegible] 2456 [illegible] 0110 3634

5261 [illegible] 5887 [illegible] 4467 [illegible] 0037 6126

0668

0110 0644 2577 1684 3131 5079 6056 [illegible] 0434 2053

0226 1417 2456 4467 4467 1317 2589 5280 0057 3670

4104 2601 2598

5387 0366 0040 1421

2053 0226 0189 6030 1779 0649 0451 2952 4221

實際上並非是透明的。在某些位置就收納了
磚牆、小院、你（們）的狗、充滿狗屎的社區
也不是一場又一場代號間的棋戲
珠子滾動，就漠然地交換微小的所有物

如果你曾要我說說下午在一旁做了的事
我就說：「碰撞、停止、碰撞。」

0613 0169 0662 2508 0001 [illegible]

5387 3541 6638 4467 [illegible] [illegible]

2053 0226 0189 7181 0110 [illegible] 0649

0936 3634 3981 1057 [illegible] [illegible] 5174 [illegible]

1338 5256 2591 2456 1057 [illegible] [illegible] [illegible] [illegible] 1801

3544 1840

2508 0180 4822 2053 [illegible] [illegible] [illegible] [illegible] [illegible] 0001

7390 7380 2514

2053 0226 0189 0662 5174 [illegible] 1921 [illegible] [illegible] [illegible]

6855 6929 2516 0581 2837 6235 0857 1162 5116 2598

2938 0500 2076 1947 0037 0086

1172 2508 4467 4467 0169 2053 0226 5174 1124 2589

2076 0155 3634 4104 0057 3670

6757 1172 0681 7390 5280 7380

5387 0961 6638 0067 4961 4902 0022 2589 0117 0149

0037 0001 3234 3234 6631 0354 2053 0226

4160 6671 2053 0226 1466 5131 4104 1317 0961 0366

3932 0730 2704 4762

6719 7803 0475 1161 6638 0057 3670 0189 0668 5174

2301 3014 2053 0226

[illegible] [illegible]267 1418 5268 2984 0072

6638 [illegible] [illegible]468 0155 3634 5511 1992 7599 5079 2984

[illegible] [illegible] [illegible]2984 2456 7382 7408

覆学就消失，
陸沈處風景更輕。
我們、拱門：「說。」

在以全球暖化為名的小咖啡館爵士樂會

持高腳杯的客人，與我
搖晃身體
是聲音的單元。
臉肌。咽肌。突然蠕動的腸道。
是聲音的單元。集會上，藉由凝視
能帶回任一聲音。只要它
持續，重複，在可見的源頭上顫動。
音樂：一個迴旋的氣流，消散時

將熱空氣交給另一個迴旋。
它們都會在高處消散。
她張口唱歌，出汗。壓抑本能，
為了從本能的訊號裡取出歌。
我們集會且同意，某處，某時，我們的字母已經來到世界：
每搜尋一個名字，伺服器就使一杯水沸騰。
從歌裡取出一柄鏡子時，音樂不再是音樂。
我看了看，不認為我的影像裡有答案。
取出上坡路。
取出蜻蜓圍繞蒸散中的埤塘。
燈泡。義式機。冰箱。擴音器。

交流電通過我們的房舍。50赫茲。唯一主題的歌隊——

正旋：你在這裡。

反旋：你要在這裡。

2053 0226 4737 4377 4104 2573 5478 5280 5905 2408

0110 0644 0649 2053 0226 2076 1947 5074 0366 [illegible]

4377 4104 2573 5478 5280 5905 2408 6757 5280 [illegible]

0001 0222 0013 3954 2589 7070

0141 1338 0226 0681 2514 0048 2508 0961 2514 [illegible]

0022 0961 1129 0966 0037 0006 4099 3932 4104 [illegible]

0115

0017 7236 0936 3634 1571 4099 3932 0037 0054 1417

2053 0226 5079 6056 3634 1170 0057

5079 2508 0936 3634 X 0402 6079 1338 0226 6638 2876

4099 3932

0017 0011 0001 0434 0057 0115 4099 1455 0037 7311

1783 2456 X

2609 6500 0613 2508 4815 1417 4104 0810

潮汐

它回來時，你會感覺被碰觸
在你一向握著它的掌心
如此，是一個時刻
如果它終於在你緊握的手中貝裂
你得到時間

石頭、硬幣、祝賀用的碎紙、樂器的柄
回來，裂開。集會上
你受僱

2948 2957
3634 0055 1412 0037 1375 1653 2609 0686 2514 7035
2456 2508 2053 0226 4104 2948 2598 0189 0459 4502
2514 7035
3634 0055 0961 6719 [illegible] [illegible] [illegible] 0451 3057 1854
6638 1432 2508 3981 2053 0226 0810 2456 1412 1571
4099 3932 4104 0001 0434
0008 6158 3634 0149
6567 6239 3634 6719 2973 5926 1432 2508 2053 0226
2609 6500 4104 2948 2958 2076 2948 2598 5511 4104
1417 6272 2514
2585 4099 3932 4104 0001 0434
6638 1346 0356 3976 2456 5121 1131 3945 0730

將球一一拋入頭上的天空。
它們會落下，而你想接住它們
頭微微後仰，你偶爾
看見虛空。任一運算的背景。
你的主題是輾轉來到手上的球之遞增：
加一，加一，加一……
拋與接。你的主題
是一將要完竣的拱頂

之下，透明的擾攘的大廳
本身是一句話。口裡的話
都要在這話裡變為另一句話：
月亮，拘束，被提的液面。
我們，密封，甕。

0961 2974

2053 0226 6153 3061 4104 2508 6719 0067 2974 0961

2514 7035 0022 4099 3932 4104 [illegible] 0057 3670 [illegible]

3544 [illegible] 2053 0226 6153 3061 4104 2508 6719 2973

0961 [illegible] 3932 4104 [illegible] 0057 3670 [illegible] 0037 5280

[illegible]942 [illegible] 3541 6934 6208 001[illegible] 1854 0036 4104 [illegible]

0678

0961 2053 0226 5659 3945 4574 0001 0222 6153 3061

5079 1412 6719 1432 2508 2053 0226 5261 6500 4104

2948 2598 1783 2514 7035 0037 0006 0475 7030

3634 0055 1412 6638 2948 2598 2600 0686 6719 0067

1854 0036 0057 3670 0037 1775

0961 2053 0226 1412 0037 1172 2974 6567 6239 1775

2053 0226 0642 2168 6386 6638 0366 5261 6500 2057

1122 2057 1421 1571 2052 1854 0036 0057 3670 4104

上升：有人張開口，從自己的口出來
像蛇離開覆葉，進入更深的夜
進食，吃盡一切晃動的熱。
上升：有人已經進入死水裡能夠有的那個世界：
倒行的人，逆施，頻頻穿過我們幽靈的幼蟲

0086 0226 0662 5174 0729 0822 1338

3928 5267 0008 6115 1927 5511 6008 0822 1338 0171

0007 1569 6500

2057 2508 0171 0007 6638 0086 2057 6719 0086 2057

3928 5267 2076 2589 0086 4104 6500

5079 2508 0284 0284 0729 0822 1338

3020 0222 1927 0451 1338 4104 1810 7333 6757 6115

2508 0001 0222 0729 0822 2057 0001 0222 0663 0815

0250 5387 2053 0226 5174 1412 6719 1432 2508 2053

0226 2609 6500 4104 3265 2598 1346 0356 4941 6647

2456 6638 6153 3061

2948 2598 0189 2052 3634 0001 2665 2850 2731

[illegible]9 2053 0226 5192 7180 1927 0288 5079 6651 0354

1395 096[illegible] 5192 7180 2514 7035 5079 6651 0354 3057

1[illegible]54

0[illegible]17 001[illegible] [illegible]783 5261 2053 4104 3666 4705 5192 6500

中間、內面、綿延；在它們彼此接壤前，
我指認過這些成型中的地貌。
一組數列，植物記得，植物製作，並且不時出錯。

天船的脊輕輕擦過大陸

人形的鳥群
蘋果樹已經開花
巨大的謎語，*
藤壺貯水並不多
瓶之空離析潮聲。
看見了剎那的靜物
因為片刻遲疑，有人脫隊

從背後目送遠去的
最初數個瞬間
互即互入：例如刀與蔬果，擁抱
而且親密：落下的硬幣、流淌的液體與懸鏡
其表面，可能再現了觀看的眼睛
後來並不滾落
像追趕的蜂群：捨命攻擊，互相跟隨進入一個連續的形狀
針勾連內臟
曾經純黑。我們站在失去海水的區域
拖著自己的影子。海參也以同樣的方式表達驚訝
西方胃宿：天船、天囷、大陵，不遠處：天大將軍
金黃色的穀子在艙裡起浪呼應海的顛簸

永遠航向儲藏它們的地點
也可能糜爛，氣體與酒精
他看守夜裡的霧，我們看住視野裡最後一件事物，的輪廓
雲霧，車頭燈，醒轉時向圖比對岔道與彎，路名

聽見了雨滴
悄聲將祕密說出
為了能進入，*

雨與葉翻轉迴旋
成為自己的時刻。

*二俳句引用自 Tomas Tranströmer。

在視訊教學中間

我在後座
理當挪動身體
直到我的臉從後視鏡中消失。
當背景與前景持久地彌合
我幾乎是安全的

一未受處置的主題：我
有時說話，加入我們平
無方向性、雲聚的聲音

我的房間，在對面
懸空，比印象中更昏暗

我們毗鄰的房間
臉，壁，壁前的櫥櫃
在對面，懸空

當一個區域得到治理
它的任一轉角、任一死巷
任一升降梯的至少一壁
會被裝上鏡子。約三公釐厚：
一種以終點錯開盡頭的技術

我與忽然左右張望乃至忽然消失的那些人
在同一場雨裡

在下雨
肖像彼側永遠的上升或下墜

人的時間，植物默默汲水的時間
一次次抬起臉追蹤光源發出瑣碎聲響的時間
記憶在黃道帶睜開雙眼成爲神明的時間
交付手中，又覆掌化作一場霧雨的是時間

口占

下午，一路走著還將經過的杯盞都倒扣
需要一些陰影
需要的陰影也在口袋裡

僵持雖久卻容易說盡
我已經想像就此鬆手轉向簌簌有聲的角落
那裡也需要能說的口各執一端

花粉在風中

來處與去處都沒有蜜
毬果有賴世界的無意識

我，將屆二十八歲
還未學會駕馭任何持續轟鳴的交通工具
但過馬路時背誦源於火的句子：
「邏各斯，率領萬物穿越萬物。」

我

日復一日微量地增加，進據空間
然而為了瑣事磨損
我的毛髮、我的指甲
我以詞語馴服的美麗事物
散落在比鄰的窗前
像曠野嵌合了崩解後的月體
轉瞬即逝的景色裡有時我會看見自己的部分
在對面，帶著光輝

叫住它，之前，我垂眼看看自己的手
我向它們求助，裡面的詞語。我經過
兩車並行時窗間反射如長廊的那種無限
進食與閱讀的桌面上位移與組合中的那種無限
我經過它們並且處於向碎屑過渡的半途

雙足輪流觸地，聲音的中心
輪廓顯影的邊緣
一片圖紋，攜帶著一個疑惑，遞進

我為諸神雕鑿狹小的龕室
為了讓它們也有必死的一日
當供獻的花束枯萎
所有抛光面裡那種無聲的風、波紋、岸邊

在臺北

中夜分，聽見爸媽養的黑狗執拗地
以雙齒碾碎骨頭。第一頓團圓飯的剩餘物
綻裂，如火裡的枝葉噼啪作響。一點點汁液
接觸黑色的舌，有時促成動物的狂喜：
「我們的狗徹夜瞪視大黑色的火焰。」畢竟各殊，黑色
我們雲集般的手，與臉，的影子
如果在臺北，會如
分散中的一神，潛入送風口獵獵振動的萬葉
為了綏撫天堂鳥瀏亮的尾羽。壓縮機，

牠不倦於季節的心，在我們共有的胸臆裡分派力量。
雙唇如約定要在髒電點燃的檯燈旁
開闔，詞語蜂擁而至，群蟻出入蜜瓶
構作多縫隙的住處。什麼會是十月的火，沿著沙發音樂
蜿蜒而上，展開金色的席次？聲音聲音，聲音，在我
三十歲後失去的聽覺腹地裡，咬碎，我曾經由此
進入晃動的大氣

3. Aug. 2020

「構成一個擁抱的那透明的基礎，是構成醒覺存有者的基礎之一。」

——《理趣經》（T. Nr. 243, 8:784b03）

如果是在那個正確的黃昏裡
盡頭，回返，游移的光
昭顯散落物一一蹲踞的勢。所謂經歷揀選
且與事實相吻合的記憶與忘祛。日子與日子
在白日裡之彼此無別，如硬幣
流通，如滾動的鐵環一一脫離孩童手中的鉤，自為自治。一個平安無事件的社會。
記憶，空氣。今天，我想記住透明的空氣

在空氣之中。必須位移。敞開所有皺褶，佈雨。式微
或被撞起，向無窮遠處退去？水窪，臉，天空。防水靴
我想要撿拾的
挨近的是停留在倒影與本體之間，那個物，其色而且轉深。夜
從開口的容器還原為人。捨棄口。捨棄口袋。廢棄
胸袋與褲袋裡的結構，但引渡裡面的物：
元首（複數）鷹（複數）一國的花草（複數）詩人但丁（在今天是單數）
在一宇宙裡的一桌面上壘為小塔，可買性與可賣性的集合：

人生的中途，雨滴，我，對於號誌
濕漉漉的光線，對於內與外的訊號
急迫性，毒性，傳染性
一個他人的房間，與那個他人
之跟從。之審視。今天，平坦處，可住處
扶翼我。立錐之地

這是我的手，手中稀疏的網：留下沒有名字的事物。

振恆

「振恆在上，大無功也。」
——《易．恆卦》

昨夜的月體。我。一物
如何就在緊緻的事物中間轉盈
召集屬己的陣列
遠遠望著那黑色的高地？

一面手鏡，手在

恆久振動的大氣裡

蜂群擾攘的薄翅間有蜜
口裡也有蜜，不定型，出入
如記憶，卻被解散

在這裡轉動身體，而未完成的
是我，以及四分之三肖像。已經完成的
是機械。搬動佈景：
房間、餐具、自然光

瓷盤上的沙聚。多孔
在和煦的風裡交談
如我可以進據的唇、舌，與顎
如我總在一切聲響中完成早餐

如蟬蛻般輕薄的容器，裝著聲響、薄翼上的虹彩，
觸角向暗試探。
如石頭般的容器，心的本身。

就在這轉身，
廁身眾物的側臉；
初升的新月。

後記

〈毗鄰〉

我曾與我的德國房東同住三年。他目測約六十多歲；單身，極少煮晚餐，經常在電視前睡著。

同住了兩三個月後，我與他有了一個約定：每晚我準備上床睡覺前，如果發現他又在電視前睡著，可以試著叫醒他；他再憑著自由意志決定是否便回自己的房間睡覺。最初我總是以敬語說：「醒醒，**Herr Zxx**！」

但就像《憍尸怛其奧義書》的情節：國王帶領弟子走近一個熟睡的人，用盡聖書所載一切呼喚我中之我的密號，也無法喚醒這熟睡者（「我（Atman）、梵、光輝者、補特伽羅！」）；然後國王輕觸這人的手臂，這人便醒來。「以上關於自我的祕密」，《奧義書》似乎如此結論。

於是我開始會大膽地輕觸他的手臂，他便睡眼惺忪地醒來。常常又翻身正面電視。

夜間頻道常常反復播著一些歷史節目。不知到底有多少夜晚，房東又在各種納粹以及反納粹以及反思納粹的音浪中睡著了。

*

假設一：

最重要的話語從未被說出；或者即使已被說出，這句話也與所有其餘話語混同，不具有可資標記區別的記號。

由於那句最重要的話語不曾顯現，所以我們依然享有任意行動與言說的自由。最重要的話語——真理，如果存在，出於其本性地會是命令句式。

＊

假設二：一個還活著的人，「是其所不是，不是其所是」。出於這個原因，人能經受詮釋的介入，承擔與拋棄不是他的那個意義。

＊

假設三：

一件已經完成的作品，「是其所不是，不是其所是」。

出於這個原因，作品能夠經受詮釋的介入，無數次於它所在的位置被看作為顯現且彼此遮蔽的意義。

*

被完成後，作品不曾一次是它自身。不是那些字字句句，卻必須有這些字字句句；藉由將某些字句重讀以及交付於遺忘，一個意義在對面顯現。一個不曾重要到成為絕對命令的可思、一個並非不可思議或前所未有的詞串。顯現的意義，如同彌撒上的主祭者，先向聖壇施作，再轉身對著信眾施作；集合此世性的事物，並且他所經手的沒有不是此世性的事物。作品之所在，事物遮蔽事物——

「別想像那是天空中一朵捧捧的雲，或當你在夜中吹滅燭火後，主宰一室的那種昏黑。因為這樣的雲與昏黑會使你在想像與領會中，向心靈之眼描繪一個最晴朗的夏日，或相反地描繪最黑暗的冬夜裡，一道清晰放射的光。遠離這些錯謬。當我言及『昏暗』，我所指的是知的匱乏——就像一個你所不知的事物，或是你所遺忘的——它對你而言是昏暗的；因為你無法以心靈之眼看見它。由此，這並不被喚作空中的雲，而是一朵未知之雲。」（《未知之雲．第四章》）

*

像是某次平視桌面，看見生活痕跡之堆疊積累。或是在那數次跨越的路口上，聲響突然構成瞬間的集會。在言說與言說之間，密契論者得到一個沉默，以為能從這個無言說中掏出一個不可言說。從一切偶然性的局部之中與之上，一件作品被完成，並隨即回到它隱藏自身的偶然性背景中。

一件作品，與另一件作品——當區別一個表面上的兩個洞時，其中一個方法是描述那些環繞它們而構成邊沿的事物。確實是那些字字句句以及詞語的串最接近這個空洞嗎？

*

作品毗鄰著什麼？

*

——偶然性。

來自他人的命令，一直輕易地將人類的行動、思維與言說轉變為純粹肉體作為、純粹心理作為與純粹聲響。

就此而言，藝術與宗教儀式間具有高度同構性。在藝術的那一側，眼睛在各種局部間游移，不曾挪移任一局部，其中卻浮現了一種緊緻的聯繫；在儀式的那一側，命令句式要人不思不想地操作面前橫陳的物件，直到一個回顧的指令構成儀式終止的訊號，將儀式整體包裹為一個在終點處顯現的緊緻事件。

它們卻在運作的最初與最終，因為對於世界偶然性的相異策略而分歧。宗教儀式以必要性覆蓋偶然性，它複製現實某個瞬間的如是性，雖然在這如是中尚缺少它所索求的那個未來；所以儀式在魔法思維的邏輯中，必須使自身成為包含了這如是的如是。藝術則始於對偶然性的展示——事物不必如此發生——成為偶然性前的一個主題（topic 的意思便是景觀中一個確切的點），從而在終止時揭示作者在世界中的位置——至少在一個人的眼中，事物如此發生。

*

——那個被誤認為世界本身的現實。

現實：condition，意味著同時在場的那些有效語句；samskāra，意味著從構作中出現的具體。就此而言，現實相當於另一件作品；現實是修辭術的對象。

*

——那個被誤認為現實的世界。

世界不是作品，除非它在不幸的境況裡，成為極權政體的掌握中一件整體藝術品（Gesamtkunstwerk）；藉由剝除每一局部可負擔的意義，而將它們轉變為指向某個權力的象徵。

當佛陀在《維摩詰經》中以足趾將娑婆世界轉變為淨土，並宣稱這個不被恰當方式觀看所以不可見的淨土是祂以三百億年的業構作的物時，這幾乎就是一個作為整體藝術作品而顯現的世界。當宗教文獻必須述說這個神話時，也就是以一種表達願望的格式，指出世界並非一件作品。

在未構作時不可思議，在構作中不復為世界；世界不是能夠被接近的對象。

*

——觀看它的人與構作它的人。

一個「是其所不是，不是其所是」挨近另一個「是其所不是，不是其所是」，有時聽見並非向他提出的命令。

*

波羅蜜多——人是作品——完成——抵達一切可鄰近性的彼處。

雙囍文學 12

集合的掩體

鄒佑昇　著

堡壘文化有限公司　雙囍出版
　總編輯　簡欣彥｜副總編輯　簡伯儒｜
責任編輯　廖祿存｜行銷企劃　游佳霓｜
裝幀設計　朱疋

出版　堡壘文化有限公司 雙囍出版
發行　遠足文化事業股份有限公司（讀書共和國出版集團）
地址　231 新北市新店區民權路 108-2 號 9 樓
電話　02-22181417
Email　service@bookrep.com.tw
郵撥帳號　19504465 遠足文化事業股份有限公司
網址　http://www.bookrep.com.tw
法律顧問　華洋法律事務所　蘇文生律師
印製　中原造像股份有限公司
初版 2 刷　2023 年 12 月
定價　320
ISBN：978-626-97933-1-0

此書榮獲社團法人台北市紅樓詩社第七屆「拾佰千萬出版贊助計畫」

國家圖書館出版品預行編目 (CIP) 資料

集合的掩體 / 鄒佑昇著 . -- 初版 . -- 新北市：堡壘文化有限公司雙囍出版：遠足文化事業股份有限公司發行 , 2023.01
　面；　公分 . -- (雙囍文學 ; 12)
ISBN 978-626-96502-9-3(平裝)
863.51